AF562619

EXECRATIONS SVR LE DETESTABLE PARRICIDE.

Traduit du Latin de NICOLAS BOVRBON.

Par D. F. CHAMPFLOVR *Clairmontois, Prieur de Sainct Robert de Mont-ferrand en Auuergne.*

A PARIS,

Chez IEAN LIBERT, demeurant ruë Sainct Iean de Latran, pres le College de Cambray.

M. DC. X.

EXECRATIONS SVR LE DETESTABLE PARRICIDE.

QVOY Dieux (& puis-je bien ſans propos de blaſphéme
Maintenãt abboucher voſtre grãdeur ſupréme)
Quoy Dieux! pouuez-vous voir, ſans eſlancer vos feux
La terre par deux fois en ces tragiques ieux?
Quoy! pouuez-vous (O Dieux) abandonner la France
Aux furies d'enfer ſans faire reſiſtance?
I'ay honte & de mon eſtre, & de ma nation,
Ores que les Titans, filz de ſedition
Démentent leur habit, leur pays, leur nature,
Pour traiſtres ſe ſeruir de noſtre couuerture.
Toy doncques France, helas! que ſeule l'on a veu.
Sans monſtres autresfois, as des monſtres conçeu?
Qui taſchent ennemis, & du Ciel, & du monde
Déthroner le grand Dieu de la machine ronde,
Mais ne pouuant d'aſſaut violenter les Cieux
Ilz ſe ſont attaquez aux pourtraitz precieux

De la diuinité, & d'vn bras execrable,
(Eternelle infamie, & crime irreparable)
Ilz ont meurtry deux Roys, & la France troublé
Par les cruelz effets d'vn crime redoublé.
Heureux, de nos ayeuls & le siecle, & la vie,
Qui n'a veu ces malheurs dans nostre Monarchie:
Mais malheureux, helas! le François reserué
Pour voir mourir celuy, qui l'auoit conserué.
Or desia la longueur de deux fois dix années
Auoit mis en oubly les traistres destinées,
Qui presterent main forte au premier attentat,
Desia le feu gregeois, qui consommoit l'Estat,
Embrazoit les Citez, engloutissoit les villes,
Et prenoit aliment de nos guerres ciuiles
Sembloit auoir miné la racine du mal,
Que le Sarmate affreux, & celuy qui brutal
Habite sur le bord du Danubois Meandre
Ne pourroit conceuoir, n'oseroit entreprandre:
Quand Megere en couroux ne respirant que feux
Engendre à l'vniuers vn monstre malheureux,
Et soüille du Soleil l'agreable lumiere
Dans l'horrible forfait d'vne dextre meurtriere,
Elle assaßine vn Roy lors que le mois d'Amour
Termine triomphant son quatorziesme iour;
Lors que nous preparons & la ville & les Temples
Et que toy, GRAND HENRY, comme en passant contemples

Les signes triomphaux d'vne entiere amitié,
Où tu vois les pourtraitz de ta chere moitié,
Ses eloges, son nom, sa genealogie,
Et les diuers honneurs que Paris luy dedie
Mon Roy las! que le sort doit conduire au tombeau
Dans le char triomphant d'vn appareil si beau.
Les confins reculez de la terre habitable
S'estonneront d'oüyr vn coup si lamentable,
Et la mer où Titan empourpre ses cheuaux,
Et celle où il finit ses iournaliers trauaux
Iugeront desormais les Dieux impitoyables
Pour n'auoir empesché des coups si lamentables.
Quoy! faut-il que le fer & l'enfer enuieux
Nous desrobent ce Roy; qui esgaloit aux Cieux
Le lôs du Lys François? Qui redoutable en guerre,
Et prudent en conseil faisoit trembler la terre?
Qui longuement heureux soubs vn entier bon-heur
Tenoit son peuple en paix & ses voisins en peur?
Quoy! son sacré maintien, sa Maiesté Royale
Les effects apparens de sa clemence esgale,
Voire plus grande encor que celle, qui iadis
Mit Cesar en credit, & son credit en pris
N'ont peu faire fléchir ce monstre impenetrable?
Quoy! la grande concorde, & l'amour admirable
Des François revnis au sceptre de leur Roy.
Les vœux pour sa santé, les Hymnes pour sa foy
Les Peans pour sa gloire, & les Iô de ioye,

Que le monde François sur les astres enuoye
Pour la prosperité d'vn asseuré repos
N'ont peu faire cesser la rage d'Atropos?
En vain donc ce grand ROY arpentant l'Italie
Aura faict esprouuer sa douceur infinie
Au peuple Sauoyard, & d'vn courage aislé
Heureusement puni le pacte violé?
En vain donc ce Grand Prince aura veu sur sa teste,
Tantost d'vn fort Hyuer, la neigeuse tempeste
Ores d'vn chien ardant l'importune chaleur?
En vain souuentesfois tesmoigné sa valeur
Dans le camp Espagnol où tousiours sa prudence
Des soldats coniurez a dompté l'arrogance?
En vain donc nostre HENRY d'vn bras tousiours veinqueur
Aura faict voir aux siens qu'il n'estoit que tout cœur?
En vain donc il aura tant de villes gaignees,
Et faict crouster au pied les crouppes Pyrenees
Si tant d'exploicts guerriers, tant d'heroïques faits
L'ont en guerre gardé pour le trahir en paix?
Et faire qu'au giron de sa chere tutrice,
Au pied de ses Bourgeois, aux yeux de sa Iustice,
Comme vne autre Hecatombe il tombe soubs le fer,
Que Pluton à forgé au plus profond d'enfer?
„Helas! que la grandeur, qui est au monde enclose
Est subiecte à finir, & choir pour peu de chose
Certes! le Ciel ialoux de l'esperé soulas

Que la France attendoit de ſon heureux treſpas
Si ce grand Roy fuſt mort au milieu des armées
(Et non par le couſteau des Parques animées)
N'a permis (ô Francois) que ton malheur prochain
Où d'vn Autheur plus noble, ou d'vn coup pl⁹ humain
Reçeut allegement, auſsi ne pouuoit eſtre
Celuy qui des ſoldatz auoit eſté le maiſtre
Et des maiſtres le chef vaincu traiſtreuſement
Par la main de ceux-là qu'il aymoit cherement.
Mais vn ſerpent hideux conçeu dans l'enfer meſme
Se gliſſe par malheur ſoubs les murs d'Angouleſme,
Et prent d'vn corps humain les mouuemens diuers
Pour malheurer la France, & troubler l'Vniuers.
Vn incube abuſant du ventre de ſa mere
Fraya dedans ſon flanc en façon de Vipere,
Et d'vn ſoufle infernal, d'vn ſifle Serpentin
Forma le corps maudit de cet affreux Lutin
Au pays Angoulmois, dans vne maiſonnette,
Où le crime, & le mal auoient fait leur retraitte,
D'où le Ciel irrité retirant ſa douceur,
Le monde ſon ſecours, la terre ſa faueur.
La ſale puanteur, que le captif ſupporte,
Et la faim enragée aſsiegerent la porte.
Deſlors on n'a veu croiſtre en ceſte orde maiſon
Que crime, que forfait, que peſte, que poiſon,
Et les plus innocens de ceſte race infame
Ont ſoüillé leur renom, proſtitué leur âme,

Prodigué leur honneur à toute cruauté,
Et terminé le iour de leur fatalité,
Où dessus vn gibet ; ou la roue inhumaine
A fini la douleur de leur derniere peine :
Son frere son ayeul, & ses cruelles sœurs
N'ont engendré depuis que meurtres, & malheurs.
On voit l'ayeul banny de sa terre natale ;
Le frere brigander ; & la sœur desloyale
Meslanger l'Aconit pour perdre l'innocent.
Mais ce cruel Dragon son estre desguisant,
Soubs le nom emprunté d'vn miserable pere
Détrousse au coin d'vn bois la trouppe passagere,
Et fait paroistre à tous qu'vn Demon inhumain
Abusant de sa mere eslança dans son sein
Le malheureux poison de sa semence impure,
Pour luy former vn corps & le mettre en nature.
Croissant donc en forfaits il menace les Cieux
D'vn crime non oüy, d'vn coup prodigieux,
D'vn horrible attentat, que les saisons passees
N'eussent peu digerer en vn monde d'annees,
Et qui doit faire vn iour à nos tristes neueux
Esleuer le sourcil, herisser les cheueux.
Il le couue en son cœur, & parlant à soy-mesme
Vomit & reuomit ces propos de blaspheme.
 I'ay desia sans honneur perdu mes ieunes ans
Dans des crimes communs, vendu les Innocens,
Corrompu par argent porté faux tesmoignage,

Les

Les pauures affligé, soüillé dans le carnage
Ma carnaciere main. I'ay plein de cruauté
Dans le sein innocent mon glaiue ensanglanté
I'ay d'vn front desguisé masqué mon iniustice,
Et fuyant les rigueurs d'vne saine Iustice
Soubs l'habit emprunté de la Religion
Violé les decrets d'vne saincte Vnion.
Ces maux ne sont que ieux, & toute forfaiture
N'a serui que d'essay à ma fiere nature.
C'est peu de cas de choir en vn crime congneu,
Et d'vn priué desastre auoir le cœur repeu.
Mon bras est trop puissant, ma puissance trop grande;
Pour contenter Pluton de si petite offrande.
Hé! que seruiroit-il qu'vn Diable m'eust reçeu,
Dans les flancs maternels où il m'auoit conçeu,
Et que sortant, maudit, d'vne impure matrice
La furie d'Enfer m'eust serui de nourrice?
Hé! que seruiroit-il de me voir destiné,
Au malheur de la France auant que d'estre né,
Si ores ie ne rends ma cruauté publicque,
Et ne mets resolu, mon pouuoir en praticque.
La paix regne par tout, & les cœurs desunis,
Soubz la santé du Roy sont maintenant vnis;
Les Lys sont adorez de la terre voisine,
Et font voir la vertu de leur noble racine,
Soit où Titan lassé fait son moite seiour,
Soit d'où sortant du lict il rameine le iour

Ia le peuple raui se dispose, & s'appreste
Pour celebrer le iour d'vne Royale feste,
Et couronner sa Reyne au Temple preparé,
Elle dessus vn Char Royalement paré
Le visage serain, & la face ioyeuse
Parmy les cris gaillards d'vne trouppe nombreuse
Doit marcher en triomphe aupres de ses trois fis,
Que Naples, la Sicile, & le noble païs
(Que le fleuue du Po suiuy de cent riuieres,
Lors qu'il paye son fief aux ondes marinieres,)
Abbreuue de ses flots, veulent auoir pour Rois
Fléchissants soubs le ioug de leurs Royales lois
Grands Roys! qui redoutez aux terres Hesperides,
Et plus que trois Hectors, & plus que trois Alcides
Estonneront l'Espagne, & reduiront au Lys
Les peuples reuoltez. les voisins ennemis.
Mais quoy? La Paix m'ennuye, & mon impatience
Me fait auoir horreur du repos de la France,
Lassé de voir le Lys si long-temps triompher
Ie iure par le nom des riuieres d'Enfer,
Que bien tost on verra reduite en vn pauure estre
La candeur des François, la grandeur de leur Maistre.
Ie feray que Pluton bataille forcené
Pour soulager la peur du peuple basanné.
Il n'eut pas dit ces mots, que soudain il varie
Se sentant agité d'vne extresme furie.
Lors les Parques d'Enfer maistrisant ses desseins

Luy firent embrasser les actes inhumains
Qu'il auoit proiectez. Deslors hors de soy-mesme
Chancelant, furibond, forcené, triste, blesme,
Il ne prend iour & nuict ny repos ny repas,
Ains roulant dans son cœur un funeste trépas
Il va, vint & reuint, tourne change rechange
D'heure en heure de lieu, non viste comme un Ange,
Ains comme la couleuure enflee de venin,
De sa queuë empestee & de son col mutin
Faict cent plis & replis, & infecte farouche
De son fiel escumeux les herbes qu'elle touche;
Ainsi ce malheureux d'un marcher Serpentin
Par les sentiers tortus de l'incongnu chemin
Se meut incessamment, & rempent detestable
Empeste de son fiel les lieux où il s'estable.
Les furies d'enfer le suiuent nuict & iour
Soit qu'il roule son corps, soit qu'il face seiour:
Il remplit tout d'horreur, & les nocturnes ombres
Faisant bruire leur fer dans les tenebres sombres,
Ont fait croire souuent à l'hoste espouuanté
Que son logis estoit des Demons habité:
Bien souuent on a veu ce fils de Thésiphone
Tendre sur le pont-neuf sa main pour une aumosne
Bien souuent on l'a veu soubs des tristes lambeaux
Couurir la cruauté de ses crimes noueaux,
Et cacher les malheurs d'un coup irreparable
Soubs le traistre couuert d'un manteau miserable.

Souuent il est entré dans le Palais d'honneur
Où loge de nos Roys la superbe grandeur,
Il a trompé cent fois les Gardes à l'entree
Coupable par cent fois d'vne mort meritee
Si le bras des soldats visiblement charmé
Dessous vn faux semblant ne se fust desarmé,
Car desia de ses yeux les flamboyants indices
Monstroient couuertement ses traistres artifices,
Et faisoient voir à tous soubs vn crime conçeu
Le coup prodigieux que la France à reçeu.
Va peste de l'Enfer, va l'horreur de la France,
Sort de nostre climat infernale semence,
Pour te rendre à iamais aux antres tenebreux
Où l'on ne sent que maux, où l'on ne voit que feux
Mais non: Deuant il faut que les humains supplices,
Condamnent à la mort tes cruels malefices,
Et que le peuple encor' iustement irrité
Punisse les excez de ta desloyauté,
Il faut qu'à nos douleurs ton trespas satisface
Et qu'vne iuste mort nos desastres efface,
Supplices trop legers pour punir tes malheurs!
Et soulas trop petit pour essuyer nos pleurs!
Que cette impure main, qui d'vn coup execrable
Abbatit la grandeur d'vn Prince incomparable
Dans le feu petillant, & de soufre, & de poix,
Distille à petit feu. Que le peuple François
Voye soubz le fer chaud d'vne tenaille ardente

Cricquer la traistre peau de ta cuisse flambante,
Que l'huille boüillonnant auec le plomb fondu
Soit sur ton corps ouuert lentement respandu.
Et que quatre cheuaux tirent impitoyables,
Et brisent forcenez tes membres execrables.
Que ton ame esperdue escume dans ton corps.
Que tes vitaux esprits demi-vifs demi morts
Bataillent longuement pour sortir de leur place.
Que ton corps despessé, fatigue, arreste, lasse,
Les Bourreaux trop humains. Que Paris assemblé
Maudisse les effets de ton esprit troublé.
Que le peuple offensè traine parmy la ruë
Tes ossements sanglants, & ta cuisse rompuë.
Qu'il laisse en se vengeant à la posterité
Vne puante odeur de ta meschanceté.
Qu'il deteste ta vie, & qu'il se trouue encore
Vn habitant bruslè de la contree More,
Qui nourry dans la France engloutisse goulu
Les membres depessez de ton corps vermoulu,
Et apres tant de maux que la noire infamie,
Volant autour des lieux d'où tu tenois la vie
Extermine ta race; & qu'vn arrest vengeur
Abolissant ton nom venge nostre malheur.

FIN.

www.ingramcontent.com/pod-product-compliance
Lightning Source LLC
LaVergne TN
LVHW010336230826
846091LV00009B/3897

9782019627973